Ralf Neubohn

Alle Autoren an Bord!

Auf Kreuzfahrt durch das Literatentum

Ralf Neubohn

Alle Autoren an Bord!

Auf Kreuzfahrt durch das Literatentum

Bibliografische Information der Deutschen Nationalbibliothek:
Die Deutsche Nationalbibliothek verzeichnet diese Publikation
in der Deutschen Nationalbibliografie; detaillierte bibliografische
Daten sind im Internet über www.dnb.de abrufbar.

© 2015 Ralf Neubohn

Herstellung und Verlag:
BoD - Books on Demand, Norderstedt

ISBN: 978-3-7347-8563-4

Inhalt

Vorwort.. 7

Lesungen
Auf die Plätze... 8
Pforzheim...10
Der Lyriker.. 12
Falsch gerechnet....................................... 14
Cool... 15
Lässig..16
Nachtfahrt.. 17
Heiße Lesung... 18
Hugo... 19
Die perfekte Lesung....................................20
Die Lesung..22
Wichtiges Kulturgut....................................22
Na, sowas..23
Weinprobe...25
Landfrauen..26
Hinweis..27
ENDLICH (?) wieder in Karlsruhe....................... 28
Ein weiteres Autoabenteuer............................29

Autorenalltag
Der Roman...31
Schlussfolgerung....................................... 32
Klischees..32
Kultur..33
Autorenschicksal....................................... 33
Fans..33

Clevere Geschäftsidee... 34
Crime Time... 35
Der Autor... 35
Neubohn's Krimihäppchen... 35
Autogramme.. 36
Buchantiquariat der Nöck – Edition Nöck............................ 37
Wichtig.. 39
Keine Ideen... 42
Der Neue Literaturpreis Remstal.. 43

Eine Autorin, die ich sehr schätze
Johanna Klara Kuppe..46

Meisterjahre
Lesungen..47
Wichtige Frage...49
Die wunderbare Lesung..50
Moderne Zeiten!.. 52
Echt passiert.. 54
Literatenneid... 55
Dank an die Leser.. 56
Für den geneigten Leser.. 58
Zugabe!...59

Leseprobe aus: „Im Tal der Autoren"
Als ich neben mir stand.. 60
Der literarische Triumph..62

Über den Autor Ralf Neubohn..64

Vorwort

Wir Autoren von der Gruppe „Literarisches Kleeblatt" sind oft auf Kreuzfahrt im Literaturmeer und machen in den verschiedensten Kulturhäfen halt.
Früher reichten unsere Literaturreisen von Karlsruhe bis nach Bayern, heute bleiben wir meist in den heimischen Gewässern.
Dafür ankern wir hier an mehr Orten als früher. Etwa im Waiblinger Schlosskeller, Kameralamtskeller, der Stadtbücherei oder im Museum der Stadt Waiblingen.
Bei unseren literarischen Kaperfahrten haben wir schon so manche Bühne geentert und dabei so allerlei erlebt.
Von diesen gemeinsamen und auch von vielen meiner früheren Solo-Auftritte handelt dieses Buch.
Es sind wahre und (fast) wahre Ereignisse dabei, die das spannende Autorenleben beleuchten.
Ähnlich wie in meinem Buch „Im Tal der Autoren", sind diese Kulturabenteuer mal weniger ernst, dafür aber auch mal eher heiter.

Ich wünsche Ihnen nun viel Spaß beim Lesen dieser hochdramatischen und nervenzerreißenden Literatur-Abenteuer.

Ihr Ralf Neubohn

Lesungen

Auf die Plätze ...

Eines Tages herrschte bei uns Autoren vom „Literarischen Kleeblatt" große Aufregung: Wir durften in einem besonders anspruchsvollen Theater auftreten!
Damals kannten wir noch nicht die goldene Regel, dass jeder Auftrittsort sein ganz spezielles Publikum anzieht.
Wir nahmen also die Texte der aktuellen Lesungstournee mit, die bisher in Buchhandlungen, Büchereien und Literatur-Cafés gut ankamen.
Hinter den Kulissen rissen wir fröhlich Witze, bis plötzlich ein Mitarbeiter des Theaters mit besorgter Miene eintrat: „Bitte hören Sie auf, schwarzen Humor zu erzählen!"
Ich fragte erstaunt: „Warum denn? Mögen Sie unsere Art von flotten Sprüchen nicht?"
Darauf erwiderte er: „Ich schon, aber die Trennwand zum Theater ist so dünn, dass die bereits anwesenden Gäste alles hören ..."
Eine Weile später gingen wir noch immer leicht düpiert an einem anderen Aufenthaltsraum für Künstler vorbei, aus der eine zornentbrannte Künstlerin stampfte. Hatten wir auch diese mit unserem Humor verärgert? Nein, denn sie rief ganz empört: „Ich wünsche Euch viel Spaß! Zu meinem Programm kamen gerade mal zehn Zuschauer!"
Noch etwas gedämpfter, falls das überhaupt noch ging, betraten wir die Bühne. Im Saal herrschte Totenstille. „Oh, weh!", dachte ich. „Zu uns sind offensichtlich noch weniger Zuschauer gekommen!"
Doch als echte Profis starteten wir mit gewohntem Elan die Show. Es blieb im Saal völlig still. War überhaupt jemand da? Von der Bühne herab führte eine Treppe Richtung Zuschauerraum. Während

des Moderierens lief ich dorthin, um mir ein Bild zu verschaffen. Hatten wir den absoluten Lesungs-Supergau geschafft und keinen einzigen Zuschauer?

Noch immer kein Laut aus den Zuschauerrängen. Ich begann die Treppe herunterzusteigen, als sich mein Abwärtstempo plötzlich extrem beschleunigte und ich mit einem Rums im Zuschauerraum landete.

Sofort eilte ein besorgter Mitarbeiter des Theaters heran, um zu sehen, ob alles o.k. war. Nicht o.k. bei mir, sondern o.k. beim Mikrofon, das ich noch immer in der Hand hielt.

Als dieser Unmensch sich verzogen hatte, ohne mir aufzuhelfen, sah ich mich um. Überall strahlende Gesichter. Massenhaft Gesichter. Offensichtlich ausverkauft! Doch warum ließ sich das Publikum nicht vernehmen? So wie jetzt alle lachten, besaßen sie offensichtlich viel Sinn Humor. Zumindest meine Flugeinlage amüsierte augenscheinlich das gesamte Parkett.

Irgendwie schnackelte es plötzlich in meinem zerbeulten Kopf: Vermutlich gab es hier meist nur ernste Stücke und keiner wollte sich als Erster als Freund der leichten Muse outen.

Nun gab es zwei Möglichkeiten: Entweder ab jetzt ernste Texte lesen oder wir mussten so richtig in die vollen gehen und die Leute mit Sachen wie meinen „Meistertexten" aus den Schuhen hauen. Wir entschieden uns für Letzteres und wurden mit lautem Gelächter und tosendem Applaus belohnt. Je kurioser meine Sprüche, desto mehr ging das Publikum mit. Zum Schluss gab es stehenden Applaus, tagelang einen Brummschädel mit sehr dicker Beule und die Erkenntnis: Nicht überall ist das Publikum gleich. Daher lieber immer die Textauswahl nach dem betreffenden Ort richten. Denn diesmal ging es gerade noch einmal gut, aber woanders könnten wir alle – nicht nur ich – auf die Nase fallen. Was nicht wörtlich, sondern im übertragenen Sinn gemeint ist.

Pforzheim

Eines Tages stand mal wieder eine Lesung im schönen Pforzheim an. Nach den üblichen Anfahrtsproblemen kamen wir vom Stau geplagt an unserem Ziel doch noch lebend an, womit wir eigentlich nicht mehr rechneten.
Die Spätsommersonne verwandelte das Auto nämlich in eine Brathähnchenrösterei und genauso fühlten wir uns auch.
Vor unserem Auftritt stürmten wir also, so entschlossen, wie wir noch vor uns hinschlurfen konnten, einen Supermarkt und plünderten die Getränkeabteilung.
Mit glucksenden Bäuchen kamen wir bald darauf, vor uns hinrülpsend, am Lesungsort an, skeptisch beäugt vom Veranstalter. Der dachte wohl offensichtlich: „Was habe ich mir da für Leute aufgehalst? Mit denen blamiere ich mich doch!"
Zu seiner großen Erleichterung erschien trotz voranschreitender Zeit kein einziger Lesungsbesucher.
Während der Veranstalter sich so freute, versanken wir in immer mehr Frust.
Ich sagte schließlich: „Wir gehen nochmals was zu trinken holen, dann fahren wir Heim. Das hier ist ja eine Geisterstadt!"
Vom Supermarkt zurückgekehrt wollten wir schnell unsere Sachen packen und verschwinden, als mir mein von der Sonne geröstetes Gehirn schier zerspringen wollte! Der Saal quoll förmlich vor Leuten über, die trotz der großen Hitze kamen! Wo kamen die bloß alle her? Vor allem warum eine Stunde nach dem ursprünglichen Lesungsbeginn?
Wir zogen trotz Hitzekopfwehs die Lesung wie immer professionell und zur Zufriedenheit der Besucher durch und fragten dann ratlos den Veranstalter nach dem Grund der Verzögerung.
Der stutzte und sagte dann nach einer Weile: „Ich glaube, Ihr habt vergessen, Eure Uhren von Sommerzeit auf Winterzeit umzustellen!"

Ach, war das peinlich! Unsere Köpfe brannten nun vor Scham noch mehr, als vorher in dem von der Sonne aufgeheizten Auto!

Der Lyriker

Ein Autorenkollege von mir schrieb wunderbare Lyrik, die bei Lesungen jedes Mal das Publikum von den Stühlen riss. Doch nie erschien ein Buch von ihm. So fragte ich ihn eines Tages: „Jetzt schreibst Du schon seit mindestens zehn Jahren gute Lyrik. Warum gibt es kein Buch von Dir?"
Er antwortete: „Bis jetzt habe ich noch keinen Verlag gefunden, aber ich probiere es weiter."
Zwei Jahre später schlug ich ihm vor: „Soll ich Dir bei der Suche nach einem guten Verlag helfen?"
Doch dies schlug er rundweg ab und meinte, das könnte er schon alleine. Ich dachte mir meinen Teil und ließ ihn eben allein sein Ding machen.
Ein paar Monate später sah ich ihn bei einer Lesung mit Trauermiene im Publikum sitzen.
„So, wie Du aussiehst, hast Du noch immer keinen Verlag gefunden", sprach ich ihn an. „Wenn Du willst, kann ich Deine Bücher billig und schnell drucken."
Aber auch darauf ging er nicht ein und meinte nur, seine große Qualität würde sich schon durchsetzen.
Er besaß wirklich große schriftstellerische Qualität und ein noch größeres Selbstbewusstsein. Dennoch erschien auch weiterhin kein Buch von ihm, was mich langsam zu wundern begann. Denn seine Texte bestachen mit ihrem hohen Niveau, dem ansprechenden Inhalt, aber kein Verlag wollte diese. Woran lag das bloß?
Als ich ihn mal viel später besuchte, zeigte er mir die Absageschreiben, die er bekommen hatte, und beklagte sich über die Ungerechtigkeit des Lebens.
Fassungslos rief ich laut: „Natürlich hat kein Verlag Deine Gedichte veröffentlicht, Du Schafskopf! Die Verlage, die Du angeschrieben hast, sind Krimiverlage, Kinderbuchverlage, Kochbuchverlage, aber

keine Lyrik-Verlage!" Am liebsten hätte ich ihm ein dickes Kochbuch um die Ohren geschlagen, aber das hatte das arme Buch schließlich nicht verdient.

Falsch gerechnet

Bei manchen Lesungen ist es so, dass der Autor kein Honorar bekommt, dafür aber Speis und Trank.
Eine solche Veranstaltung stand einmal sonntags am frühen Morgen an.
Ein Gaststättenbesitzer öffnete extra Sonntags um 10.00 Uhr sein Lokal zu einem Brunch mit Lesung.
Da die Wirtschaft normalerweise sonntags mangels Kundschaft geschlossen blieb, harrten wir Autoren gespannt der kommenden Dinge und vor allem den kommenden Gästen.
9.45 Uhr – kein Mensch da. 9.50 Uhr – die Tür bewegte sich nicht einmal. 9.55 Uhr – worauf hatten wir uns da bloß eingelassen? 10.00 Uhr – Zeit zum Einpacken und Heimfahren. 10.10 Uhr - die Bude ist gerammelt voll!
11.30 Uhr – nach triumphaler Lesung geht es nun auch für die Autoren ans Essen und Trinken.
Hatte der Wirt auch bis dahin gestrahlt und sich zufrieden die Hände gerieben, das gehört nun plötzlich einer fernen Vergangenheit an. Offensichtlich erzählte ihm noch keiner die allgemein bekannte Tatsache, dass Autoren nicht nur von Luft und Liebe leben.
Als wir uns bis oben vollgestopft kaum noch rühren konnten, verabschiedeten wir uns von dem leidgeprüften Mann, der die goldenen Worte sprach: „Die Veranstaltung hat mich voll vom Stuhl gerissen, Euer Appetit allerdings auch. Ich glaube, wenn ich Euch nächstes Mal gegen festes Honorar buche, komme ich wesentlich billiger weg."
Wie kam er bloß darauf? Rülps ...

Cool?

Bei so manchem Konzert dachte ich immer: „Du meine Güte, diese Coolnessmaske! Diese Sonnenbrille!"
Bis ich selber so wurde. Kaum zu glauben aber wahr.
In der Anfangszeit las ich vor allem in Literatur-Cafés, bei Buchmessen usw.
Allmählich kamen dann die Kulturhäuser und schönen Theater an die Reihe.
Nichts Böses ahnend lief ich auf die erste Theaterbühne meines Lebens und wollte eigentlich meine Texte lesen. Wohl bemerkt: „Wollte", konnte aber nicht. Das Scheinwerferlicht knallte mir so in die Augen, dass ich kein Publikum sah und erst recht nicht mein Buch. Denn das Licht reflektierte auf den weißen Seiten so arg, dass ich den Text nicht mehr erkennen konnte.
Zum Glück hatte ich auf dieser Lesetour den Text schon so oft präsentiert, dass er fest in meinen Kopf saß und ich ihn auswendig erzählte.
Doch eines schwor ich mir: „Das passiert mir nicht nochmals!"
Seitdem habe ich immer eine Sonnenbrille vorsichtshalber dabei!
JETZT sagen die Lesungsbesucher: „Du meine Güte, diese Coolnessmasche! Diese Sonnenbrille!"

Lässig

Ähnliches erlebte ich auch mit der lässigen Kleidung. Ich fand es einfach immer stillos, wenn Popkünstler in T-Shirts irgendwo auftraten.
Ich ging also im Theater mit gutem Beispiel voran, mit Hemd, Krawatte und Jacket.
Die Idee fand ich ungefähr 5 Minuten gut. Als mir eine kleinere Version der Niagara-Fälle am Rücken runterlief, kam mir die Erkenntnis: „Das Scheinwerferlicht ist wirklich eine heiße Sache. Wortwörtlich heiß. Mit ca. 30 – 40 Grad!"
Sie können ja mal raten, wer nächstes Mal ein T-Shirt anzog! Nochmals so einen Saunaabend wollte ich mir einfach nicht mehr gönnen! Warum wohl?

Nachtfahrt

Eines Nachts ging es per Auto zu einer Lesung.
Zu sechst in einem VW-Käfer. Jeder kann sich ja ungefähr vorstellen, wie viel Spaß das machte! Zumal alle vier der hinten Sitzenden nicht gerade Magermodells ähnelten.
Es war so schweißtreibend, wie das Scheinwerferlicht einer Bühne.
Mir fiel auf, dass der Beifahrer dauernd mit dem Fahrer sprach.
„Du musst jetzt etwas links, jetzt geht's wieder geradeaus …" So ging das eine ganze Weile, während wir auf einer kurvenreichen, einspurigen Landstraße fuhren.
Irgendwann sagte ich zu dem Beifahrer: „Warum sagst Du ihm dauernd, wie er fahren muss? Das sieht er doch selber!"
Die Antwort haute mich fast um: „Nein, tut er nicht. Er ist doch völlig nachtblind!"
Nun schwitzten wir hinten Sitzenden noch ein bisschen mehr …

Heiße Lesung

Von sogenannten Popautoren steht in letzter Zeit viel in der Presse. Sie sind jung, gut vermarktbar und passen sich der jeweiligen Literaturmode an. Da sie meist auch noch gut aussehend sind, werfen sich ihnen oft Literaturgroupies an beide Hälse. Da geht's nach der Lesung erst richtig zur Sache. Solche Lesungen habe ich altes Wrack selbst nie erlebt. Obwohl ...
Eine wirklich heiße Lesung führte ich auch mal durch. Stellen sie sich einen schönen Museumssaal vor. Mit 50 Personen ausverkauft, ich in der Form meines Lebens. Ich brillierte, zauberte, holte aus den Texten alles raus. Zur Pause gab's stehenden Applaus. Ein glückliches, vielversprechendes Glitzern lag in allen Augen. Ein Versprechen für mich? Lauerten schon die Literatur-Groupies aufs Ende der Lesung? Nach der Pause stand die Luft förmlich im überfüllten Saal. Die Fenster ließen sich nicht öffnen, Klimaanlage existierte keine und durchs Glasdach knallte inzwischen die Sonne. Draußen gab es lächerliche 30 Grad, im Saal noch ein paar mehr. Die Kleidung klebte uns allen förmlich am Körper fest, nicht nur die Haartollen hingen schlaff herab. Wir näherten uns von Hitze erschlagen dem Ende der Lesung. Alle dachten nur noch an eins: TRINKEN. Als wir uns durch den letzten Text gequält hatten, liefen alle so schnell sie es in ihrem Zustand noch konnten zum Getränkeautomaten. Alles gierte förmlich nach einer kühlen Erfrischung. Als ich mich durch das Menschenknäuel gekämpfte, entfuhr mir ein entsetzter Schrei: „Gekühlte Getränke ausverkauft! Es gibt nur noch heißen Kaffee!"
Das Museum vergaß, vor der Lesung den Automaten wieder auffüllen zu lassen. Diese Lesung wurde zur heißesten meines Lebens.

Hugo

Ein Autor, mit dem ich manchmal zusammen auftrat, fand es nicht nötig, Texte für das voraussichtliche Publikum anzupassen. Er meinte zu mir: „Wenn man wie ich richtig gute Texte hat, dann zünden die immer und überall. Vor jeder Art von Publikum."
Ich erwiderte: „Meiner Erfahrung nach stimmt das nicht. Ein Publikum aus Studenten erwartet etwas anderes, als ein Seniorenkränzchen. Landbevölkerung kann niemand mit Texten für das obere Bildungsniveau umhauen."
Doch Hugo blieb bei seiner Meinung.
Eines Tages sah ich ihn ganz niedergeschlagen. „Du meine Güte, was ist denn mit Dir los?", wollte ich wissen.
Hugo klagte: „Stell Dir das einmal vor! Vor einer Woche las ich in einer Gaststätte mit riesigem Erfolg schlüpfrige Geschichten und gestern wurde ich ausgebuht."
„Wo bist Du denn aufgetreten?", erkundigte ich mich.
„In einer luxuriösen Seniorensiedlung ..."
Na, wie hätte er sich auch denken können, dass es ein Reinfall wird?

Die perfekte Lesung

Als ich mit den Autoren des „Literarischen Kleeblattes" zwei schöne Lesungen nacheinander in der Waiblinger Stadtbücherei veranstaltete, beschlossen wir diese an sich erfolgreichen Lesungen noch zu toppen. Trotz insgesamt 70 Zuhörern und toller Stimmung. Wir wollten die perfekte Lesung. Nicht das perfekte Verbrechen, nein die perfekte Lesung. Diese sollte in einer Boutique stattfinden. Wochenlang feilten wir an der Lesung. Stellten gute Texte zusammen, probten mehrmals die Lesung durch, organisierten den Ablauf, überließen nichts dem Zufall. Nach viel mühevoller Arbeit stand das Programm. Ein Rädchen griff in das andere, es passte alles perfekt. Eine große Leistung, denn so was zu organisieren ist nicht so leicht, wie allgemein gedacht wird.

Am großen Tag ging ich pünktlich eine Stunde vor der Lesung los, um mit der freundlichen Besitzerin Frau Ritsch und den Mitlesenden Terry und Sam letzte Hand anzulegen. Den Büchertisch vorbereiten, Getränke und Speisen für die Zuhörer bereitstellen, mit dem Oberbürgermeister kurz über seine Eröffnungsrede sprechen und die von Schlagerstar X bereitgestellten Verlosungsgegenstände auf einem extra Tisch dekorieren.

Nach der wie immer sehr gelungenen Eröffnungsrede des Oberbürgermeisters lief die Lesung sehr stimmungsvoll an und hielt ihr hohes Niveau bis zum Schluss. 50 begeisterte Besucher wollten danach einfach nicht gehen, es war einfach herrlich.

Doch eine kleine, peinliche Panne gab es doch. Zur Verlosung von X's gestifteten CDs usw. schüttelte ich kräftig die Losbox durch. Es gewann jemand aus dem Publikum eine signierte CD von X. Leider war die betreffende Person offensichtlich kein Fan von X.

Ich schüttelte die restlichen Lose nochmals durch und hoffte, dass jemand von den vielen anwesenden X-Fans gewinnen würde. Es gewann ausgerechnet die Begleitung des Losgewinners von davor. Auch diese mochte X nicht.

Viele von der Lesung begeisterte Zuschauer verabschiedeten sich nachher von mir mit einem: „Die Lesung war unvergleichlich schön, aber bei der Verlosung haben Sie getrickst, gell?"

Die Lesung

Er garnierte die Krimilesung
mit einer echten Leiche.
Das Publikum tobte vor Begeisterung,
denn ohne ist es nicht das Gleiche.

Wichtiges Kulturgut

Das Dichten ist der Schwaben Frust,
die Kehrwoche die große Lust.
Das Wichtigste geht im Leben vor,
das versteht doch jeder Tor.
So haben sie schon jetzt das Fege-Feuer,
und es kommt sie nicht mal teuer.
Denn sie ist ihr wichtigstes Kulturgut,
das steigert noch die Fege-Wut.

Na, sowas

Als wir zu unseren Veranstaltungen oft noch weite Strecken mit der Bahn oder dem Auto fuhren, mussten wir mal in Karlsruhe auftreten. Frohen Mutes lösten wir ein Gruppenticket mit der Bahn, fuhren bei widerlichstem Dauerregenwetter zu unserem Auftritt. Wir beschlossen, uns durch nichts die Laune verderben zu lassen.
Doch in Karlsruhe kam dieser Vorsatz ziemlich schnell ins schwanken. Wir irrten im Dauerregen durch die Stadt, weil ein Autor der einen Stadtplan mitbringen wollte, diesen natürlich glatt vergaß.
Zum Glück kannte ich von meinen Auftritten bei der Karlsruher Bücherschau ein bisschen die Stadt und fand dann den Ort des Geschehens. Leider diesmal nicht bei der Karlsruher Bücherschau, sondern wo anders. Und es war dort ganz anders.
Ein riesiger Saal erwartete uns. Der eine oder andere begann zu schlucken. Würden wir diese riesige Scheune vollkriegen? Und wie es in diesem großen Saal schallte! Dann kam die nächste Überraschung. Wir hatten eigentlich mit einer ganz normalen Bestuhlung für Lesungen gerechnet. Aber seltsamerweise standen überall die Stühle an Tischen. Ich ging mir diese einmal näher anschauen. Mich traf fast der Schlag – an dem Tag fehlte ohnehin dazu nicht viel.
Diese Tische dienten nicht einfach der Bequemlichkeit. Oh, nein! Es waren Schultische! Offensichtlich fand hier normalerweise irgendeine Form von Unterricht oder Studium statt! Dazu passte auch die sterile Atmosphäre des Betonsaales. Das konnte ja heiter werden!
Vor Beginn der Veranstaltung tranken wir noch heißen Kaffee, der auch ziemlich nach Schulkaffee schmeckte. Doch damit nicht genug. Zwei unserer besten Autoren kamen in dieser sterilen Atmosphäre einfach nicht an das Publikum ran, konnten es nicht mitreißen. Wie sollte bloß diese sterile Betonsaal-Schultischatmosphäre durchdrungen werden? Ich entschloss mich zu einem Radikalschnitt.

Top oder Flop. Den Besuchern servierte ich Texte aus meinen schwarzen Humorbüchern, so dass diese sich vor Lachen biegen mussten.
Die mir folgenden Autoren hatten es nun leicht, einem gut aufgelegten Publikum einen schönen Abend zu bescheren.
Froh und gut gelaunt kamen wir aus der Lesung heraus und ... konnten im Dauerregen wieder den Rückweg suchen. ALLE Wege führen bekanntlich nach Rom, aber nur sehr wenige zum Bahnhof.

Weinprobe

Was mich doch sehr an eine Weinprobe erinnert, bei der wir das Rahmenprogramm bildeten.
12 Autoren von uns mussten abwechselnd zu jedem Gang Wein und Speisen lesen.
Die Probleme begannen schon nach dem 5. Gang ganz massiv. Vielen Autoren war offensichtlich nicht klar, dass niemand – auch ein Autor nicht – bei jedem neuen Wein, den der Wirt kredenzte, gleich ein ganzes Glas verputzen kann. Genauer gesagt konnten sie es schon, nur das mit dem Lesen klappte nicht mehr ganz so. Es hörte sich so langsam an wie: „Mrmpf, gschl ..."
Also musste der Big Boss persönlich öfters als er wollte an die Front. Da aber meine leicht heiteren Texte schon zu Ende waren, musste ich mit meinem schwarzen Humor improvisieren. Das kam sehr gut an. Nur nicht beim Wirt. Denn die Leute konzentrierten sich mehr auf meinen Humor, als auf den Wein. Dazu kam, dass mancher beim spontanen Lachen seinen Wein ausprustete. Vermutlich würde am nächsten Morgen die Putzfrau empört kündigen. Als dann aber der Eiswein serviert wurde, schickte ich streng jemand anderes zum Lesen. Schließlich musste ich mich jetzt um das Wichtigste vom Abend kümmern ...
Prost!

Landfrauen

Eines Tages luden uns mal die Landfrauen eines kleinen Dörfchens zu einer Lesung ein.
Wir mussten sehr lange auf einer extra großen Landkarte nach dem Dorf suchen. Endlich fanden wir es.
Was bei der Anfahrt wesentlich weniger gut klappte. Denn das Dorf stand auf keinem Schild angeschrieben. Das dürfte wohl eine ausreichende Andeutung über die Größe des Ortes geben.
Der Beginn 22.00 Uhr im Winter förderte wohl auch nicht gerade die Auffindbarkeit. Nirgends Leute, die man fragen konnte, die meisten Hinweisschilder hinter dunklen Bäumen versteckt.
Aber irgendwie und irgendwann – sehr irgendwann – fanden wir das Dörfle dann doch.
Die netten Damen begrüßten uns sehr freundlich und wir machten uns gleich an die Arbeit.
Ein schöner, harmonischer Abend ging dann viel später zu Ende, mit angeregten Gesprächen mit dem zufriedenen Publikum. Aber irgendwie bekam ich das Gefühl, dass irgendwas nicht ganz stimmte. Irgendeine kleine Misslichkeit lag vor. Aber ich konnte mir einfach nicht vorstellen was.
Beim Abschied kam es dann heraus. Eine Dame sagte: „Es war richtig schön. Aber eigentlich dachten wir, dass es ein Schillerabend wird." Darauf erwiderte ich galant: „Wenn Sie nächstes Mal Schillerwein kredenzen, werden wir es uns überlegen."

Hinweis

Die meisten Lesungsberichte dieses Buches sind wortwörtlich wahr. Das bietet zwei Vorteile: Die werten Leser können einmal miterleben – mitfühlen – wie es uns Autoren so geht.
Für die Autoren, die dieses Buch lesen, mögen die Texte als Warnung dienen. Sie spiegeln meine grundsätzlichen Erfahrungen wieder, die ich laufend weitergebe: „Leute! Verlasst Euch NIE auf die Lesungsveranstalter! Nehmt alles, was Ihr für eine Lesung braucht, vorsichtshalber selber mit. Angefangen von den Wasserflaschen und Pappbechern! Erkundigt Euch immer vorher, wie es vor Ort aussieht. Betonbunker? Schulmäßig bestuhlt? Wie komme ich zur Halle am einfachsten hin? Ab wie viel Uhr ist Einlass? Plant GROSSZÜGIG Zeit für die Anfahrt ein usw."

ENDLICH (?) wieder in Karlsruhe

Da unsere Lesung unter der Woche zu einer frühen Uhrzeit stattfand, holte einer, unserer Autoren die Mitlesenden und Mitleidenden mit dem Auto direkt bei der Arbeit ab. Wir planten noch einen großzügigen Zeitpuffer von fast 2 Stunden ein, damit wir sicher rechtzeitig auftreten konnten.
Aber von Anfang an lief es nicht rund. Einer der Autoren musste erst noch einen weitschweifigen Vortrag von seinem Chef über sich ergehen lassen, ein anderer fand unseren PKW nicht, weil er meinte, ein Minibus hole ihn ab. Letzterer durfte sich einige ironische Bemerkungen anhören, vom RASENDEN Verkauf unserer Bücher bei Lesungen, womit wir NATÜRLICH problemlos Minibusse usw. kaufen konnten ...
Tja, und so glorreich ging es gerade weiter. Auf der Autobahn zuerst ein riesiger Stau. Als dieser sich aufzulösen begann, setzte heftiger Eisregen ein. Vom Wind förmlich gepeitscht, knallte er nur so auf die Windschutzscheiben, was den „Durchblick" nicht gerade erleichterte. Dem Fahrtempo bekam es natürlich auch nicht besonders. Die Zeit raste dahin, während wir vorwärts krochen. Genauer gesagt krochen wir NOCH dahin. Bis wir voller Begeisterung bemerkten: „Hurra! Jetzt haben wir auch noch einen Platten! Und den dürfen wir auch noch voller Freude im peitschenden Eisregen wechseln!"
Es braucht wohl nicht besonders betont werden, dass der platte Reifen unsere Chance rechtzeitig zu lesen nicht gerade erhöhte.
Diesen Bericht könnte ich noch mit einigen „netten" Details spicken, aber kurz gesagt: Wir schafften es gerade noch so zur Lesung. Aber wirklich auf die Sekunde. Wir sprangen vom Auto förmlich auf die Bühne und hörten hinterher: „Ja, die Texte haben uns gefallen. Aber ihr jungen Leute wirkt immer so ausgepowert. Ihr solltet nicht immer so viele Partys machen!"

Ein weiteres Autoabenteuer

Eines Tages fuhren wir über Stuttgart zu einer anderen Lesung. Da es durch den unpünktlichen Fahrer schon zeitlich sehr eng wurde, musste dieser förmlich über die B14 rasen. Plötzlich machte es wie in der Disco fröhlich: „Blitz! Blitz!"
Vier Autoren fragten gleichzeitig den genervten Fahrer: „Hast Du nicht gewusst, dass es hier Radarfallen gibt?"
Worauf dieser nur ganz leicht gereizt antwortete: „NEIN! Und vielen Dank dafür, dass Ihr es mir JETZT sagt!"
Zweifellos hatten wir alle zu DIESEM Zeitpunkt Mitleid mit ihm. Aber das hielt nicht lange an. Denn wir merkten: „Super! Wir haben mal wieder einen Platten!" Diesmal übrigens auf einer düsteren, einsamen Landstraße. Umringt von dunklem Wald und Dauerregen. Als wir den Reifen wechseln wollten, bemerkten wir, dass eine klitzekleine, unbedeutende Sache fehlte: der Wagenheber.
Der geneigte Leser wird es kaum glauben, aber von den sehr, sehr wenigen Autofahrern, die vorbeifuhren, zeigte keiner die Neigung mitten im einsamen Wald im Dauerregen zu halten.
Unserer Fahrer durfte also zum nächsten Ort laufen und dort einen Wagenheber leihen. Da er ziemlich lange nicht wiederkam, stellten wir schon die wildesten Vermutungen an, wo er so lange blieb. Die Spekulationen gingen von einer holden Bauernmaid bis zu Vampirismus. Irgendwann erreichte ein schon fast wörtlich völlig aufgeweichtes Etwas den Wagen und nach Reparatur des Wagens - nicht des Fahrers – ging es weiter. Als wir an einer menschenleeren Kreuzung nicht wussten wo weiter, gab es die nächste freundliche Überraschung. Der Fahrer hatte die Straßenkarte für die Karlsruher Gegend eingepackt und nicht die fürs Allgäu. „Irgendwas hat mir gesagt, dass ich diese Karten brauche."
Ich hätte ihm am liebsten irgendwas weniger Freundliches gesagt und anschließend mit Büchern gesteinigt.

Doch nicht genug damit. Mitten in der Pampa ging das Benzin aus. Der Fahrer wunderte sich sehr, warum gerade ihm der Reservekanister in die Hand gedrückt wurde und er Fersengeld geben durfte. Es gab noch das eine oder andere „erfreuliche" Ereignis, bis wir zur Lesung „leicht" verspätet ankamen.

Als wir eine Woche später wieder zu einer Lesung wollten, beklagte sich unserer ehemaliger Fahrer doch tatsächlich: „Aber warum wollt Ihr lieber mit der Bahn fahren? Mit dem Auto ist es doch viel einfacher, billiger und schneller?"

Na, hat man da noch Töne?

Autorenalltag

Der Roman

Sam beendete 3 Jahre Schreibarbeit an seinem neuesten Roman mit einem guten Gefühl. Alle goldenen Regeln seines Verlegers fanden sich in dem Werk wieder. Anspruchsvoll geschrieben, ein kritischer Spiegel der Zeit und sorgfältig recherchiert.
Stolz begab er sich damit zu seinem langjährigen Verleger. Dieser las das Buch mit einem Stirnrunzeln durch und sprach die goldenen Worte: „Um erfolgreich zu sein, darf ein Roman nirgends politisch anecken. Streichen Sie daher bitte alle betreffenden Stellen. Natürlich wollen wir auch niemandes religiöse Gefühle verletzen oder Wirtschaftsbossen auf die Füße treten. Sie verstehen doch, dass diese Teile deshalb raus müssen. Zuviel Sex und Gesellschaftskritik sind auch nicht mehr zeitgemäß, sie fallen ebenfalls weg. Natürlich wollen wir uns bei niemandem anbiedern und langweiligen Mainstream vermarkten, wir passen uns nur etwas der Zeit an." Damit gab er den von 520 Seiten auf 3 Seiten gekürzten Roman in Druck, der ein großer Erfolg wurde.

Schlussfolgerung

Es trieb ein toter Autor den Fluss hinunter,
da rief eine gelehrte Frau:
„Ein Autor kommt viel herum und herunter",
das stimmte in diesem Fall genau.

Klischees

Es war eine dunkle und stürmische Nacht,
einen ähnlichen Anfang haben viele Dichter gemacht.

Am besten gewitterte und hagelte es noch sehr,
mit den Helden zu leiden fiel nicht schwer.

Ach ja, es fehlt noch der einsame Wald,
natürlich war's auch noch bitterlich kalt.

Ein Mädchen lief im Dunkeln,
aus dem Gebüsch lauernde Augen funkeln.

Doch das Mädchen braucht keine Angst zu haben,
denn wir wollen uns am Happy End laben.

Daher entkommt das Mädchen knapp,
vor dieser Leistung: Hut ab.

Kultur

Auf dem hohen Altar des Kommerz,
endet oft die künstlerische Freiheit.
Das ist leider kein Scherz,
sondern die bittere Wahrheit.

Autorenschicksal

Wenn der Krimiautor plötzlich Gedichte schreibt,
seine Frau damit zur Verzweiflung treibt
und deshalb schließlich beim Altmetall landet,
sind seine Versuche wohl gestrandet.

Fans

Bekannten Künstlern laufen häufig kreischende Teenies hinterher. Das Einzigste, was mir nachrennt, sind empörte Opis, wenn ich versehentlich bei Rot über die Straße gegangen bin.

Clevere Geschäftsidee

Da der Buchhandel nicht mehr so boomt, hat er sich was ganz besonders Raffiniertes überlegt. Die Menschen essen immer mehr Knoblauch und Süßigkeiten gehen sowieso immer gut. Nun bietet der Buchhandel seinen Kunden selbst gemachte Knoblauchbonbons, Knoblauchpralinen und Knoblauchschokolade an. In den Geschmackssorten: scharf, sehr scharf und ... urgs!
Wie alle Süßigkeiten sind auch diese extrem klebrig. Kunden, die sich beim Einpacken nicht die Finger verkleben wollen, können sich die leckeren, delikaten Naschereien in Seiten von Büchern einpacken lassen. Im Preis der Gourmetträume ist also jedes Mal ein Taschenbuch inklusive. Bekanntlich macht ja naschen süchtig und zieht so indirekt den Buchverkauf kräftig an. Der Bundesgesundheitsminister warnt ...

Crime Time

Er schrieb einen Krimi,
lachte sich dabei krank.
„So was gibt's im echten Leben nie",
dacht er – und fand eine Leiche im Schrank.

Der Autor

Klappert es in der Biotonne,
ist Ralf Neubohn in Schreibwonne.
So geht es zu in einem fort,
am für ihn passenden Ort.

Neubohn's Krimihäppchen

Neubohn's Krimihäppchen,
hieß einer meiner Krimibände.
Für manchen Leser war es ein Schnäppchen
und vor Lachen bogen sich die Wände.

Autogramme

Der Verband „aller wirklich freien Schriftsteller" trat an mich mit einer wichtigen Bitte heran: Ich solle für alle unwissenden Leser einen Vordruck zur korrekten Bestellung von Autogrammen entwerfen und diesen Vordruck publizieren.
Das Anliegen ist deshalb wichtig, weil die meisten Leser ihre Autogrammwünsche völlig unzureichend und mangelhaft äußern.
Daher sind die Autoren zu recht verärgert und versenden grundsätzlich keine Autogramme mehr.
Der unten stehende Text ist die neue vorgeschriebene Mindestform zur Beantragung eines Autogrammes von einem Autor, der zwischen 0 und 2 Bücher verkauft hat.
Wünscht der werte Leser ein Autogramm eines Autors der mehr Bücher verkauft hat, ist der Text im Verhältnis zur höheren Verkaufszahl entsprechend demutsvoller zu schreiben.
Es gilt hier die logische mathematische Formel:
Buchverkaufszahl x demutsvollere Bitte = Autogramm.

Hochverehrter Herr Autor,
demütigst möchte ich armer, unwissender Leser um ein von Ihnen allergnädigst geschriebenes Autogramm bitten, auch wenn ich nur ein winziges, unbedeutendes Staubkorn Ihrer unermesslich großen Fangemeinde bin.
Ein von Ihrer erlauchten Hand angefertigtes Autogramm wäre das höchste und entzückendste Glück für mich und eine unermessliche große Gunst Eurer allergnädigsten, verehrungswürdigsten, Schriftstellermajestät. Bitte habt die unermessliche Güte und sendet das Autogramm, selbstverständlich ohne Porto, an Euren ergebenen Diener und Leser ...

Buchantiquariat der Nöck – Edition Nöck

Neptun und der Wassermann Nöck lebten viele Hundert Jahre lang in den Geschichtsträchtigen rauen Fluten der Rems. Immer wieder versuchten sie sich auf dem umgebenden Umland heimisch zu machen, doch die völlig ungebildeten Landbewohner stießen sie ab. So langweilten sie sich lieber unter Wasser, statt Gespräche der Marke: „So, so, ah, ja, aha ..." anzuhören. Durch die zunehmende Waljagd in ihren Gewässern und viel zu heitere Delfinschwärme, die der bekannte Delfin Flupper anführte, drängte es sie dann aber doch heraus ins ruhige Umland. Sie schwammen zur für sie in jeder Hinsicht zu heißen Vulkaninsel Atlantis (die es damals noch gab) und holten sich von dort wissenschaftliche Bücher. Diese nannte man nach ihren ehemaligen Besitzern Atlanten. Von der ebenfalls in der Rems liegenden Insel Utopia besorgten sie sogenannte utopische Romane.

Mit diesem Anfangsmaterial gründeten sie das Buchantiquariat der Nöck, um Kultur und Wissen von den idyllischen Inseln aufs Festland zu bringen. Aus Dank für diese Leistung meißelten die nun ENDLICH gebildeten Landbewohner den Kopf des Wassermanns Nöck an die Eckseite des von ihm und Neptun gegründeten Buchantiquariats. Der Kopf ist heute noch heute zu sehen. Ecke Zwerchgasse/Scheuerngasse.

Nachfolger, wie der Autor und Geschichtsforscher Ralf Neubohn betreiben nicht nur die Fortbildung der Menschen durch Verkauf historischer Bücher fort, sondern gründeten auch die „Edition Nöck", in der mehrmals im Jahr neue Autoren aus der Region zu Wort kamen und dieses auch bei Lesungen verbreiten konnten. Frei nach Goethes: „Mehr Licht!"

Unterstützen bitte auch Sie den kulturellen Beitrag des Nöck und seine Förderung neuer Autoren durch den Kauf von ein paar seiner regelmäßig erscheinenden Werke. Viele der Taschenbücher

und Broschurhefte dieser Reihe haben Vorworte bekannter Persönlichkeiten, die unsere Förderung neuer Autoren unterstützen z.b. Oberbürgermeister Hesky, Ex-Oberbürgermeister Schmitt-Hieber, Schlagerstar Michael Holm, das bekannte Duo Geschwister Hofmann, die Schlagersängerin Nicole, der Kabarettist Christoph Sonntag.
Die Bücher sind erhältlich unter anderem im vom Neptun und Nöck selbst gegründeten historischen Buchantiquariat, Zwerchgasse 6, 71332 Waiblingen. Bis bald?

Wichtig

Viele Autoren haben ein sehr ENT-mutigendes Umfeld. Das geht von: „Du kannst doch sowieso nicht schreiben!" Bis zu: „Wen interessiert Dein Schreiben schon?"
Bei meinen neuen Literaturprojekten ist es genauso. „Das klappt auf keinen Fall", ist da noch die harmloseste Formulierung.
Doch lasst Euch nicht entmutigen! Es ist einfach so, der Autor gilt nichts im eigenen Land. Was sagen will: Der Autor gilt nichts im eigenen Umfeld.
Denn viele Leute wollen den Autor so sehen, wie sie ihn schon lange kennen. Also als die Hausfrau X, den Bäcker Y. Das Schreiben bringt nun eine neue Dimension in die Persönlichkeit des Autors, was das Umfeld irritiert. Nach dem typischen Schubladendenken: „Aber die Dame habe ich doch unter netter Hausfrau sortiert. Sie kann doch nicht plötzlich schreiben!"
Doch keiner fragt sich, warum sie nicht auch ZUSÄTZLICH Autorin sein kann? Weshalb soll sie nur eindimensional sein?
Ja, so sind die lieben Mitmenschen halt. Doch darüber müssen die Autoren genauso wie viele andere Künstler stehen.
Sie müssen einfach sagen: „Mir macht das Spaß und deshalb schreibe ich weiter", oder „Ich schreibe sehr gut und merke, wie ich jeden Tag besser werde."
Bei mir war es schon bei fast allen Projekten so, die ich gestartet habe. Z.B. beim „Neuen Literaturpreis Remstal". Du meine Güte! Haben die Leute genervt! „So etwas gab es bisher nicht, wozu brauchen wir es also jetzt?" „Das wird ein riesiger Reinfall! Wen interessieren schon Autoren aus dem Remstal?"
So ging es unaufhörlich. Doch als die Sache ins Laufen kam, sagten dieselben Leute plötzlich: „Ich habe Dir ja gleich gesagt, dass es ein großer Erfolg wird." „Ich habe Dich bei dem Projekt ja von Anfang an unterstützt!" - Fähnlein im Wind ...

Von Anfang an haben Prominente im Gegensatz zu meinem persönlichen Umfeld mit Weitsicht geurteilt. Die Prominenten haben mit Vorworten die Wettbewerbsbücher unterstützt oder traten persönlich bei den Preisverleihungen als Glücksfee auf, welche die Siegespreise überreicht. Z.B. Oberbürgermeister Hesky, der Kabarettist Christoph Sonntag, die Schlagersängerin Nicole, der Sänger Michael Holm, das Duo Geschwister Hofmann, die bekannte Autorin Astrid Fritz.

Diese haben das Potential der Literaturpreisidee gleich erkannt, weil sie eben neutral über die Grundidee urteilten und nicht nach dem Schubladendenken.

Ähnlich ging es auch weiter, als ich den Literaturpreis um die Sonderpreise für talentierte Kinder/Jugendliche, für das Lebenswerk eines Autors und um einen Preis für Autoren mit Migrationshintergrund erweiterte.

Die Kommentare gingen von „Kinder können sowieso nicht gut schreiben" bis zu „Wen interessiert ein Preis für Autoren mit Migrationshintergrund?"

Tja, buchstäblich Hunderte von Bürgern des Remstals. HUNDERTE nahmen an der Abstimmung für die Sonderpreise teil.

Zeitweise kam ich im Laden kaum noch zum Arbeiten, dauernd erreichten mich Anrufe, Briefe usw. von Bürgern, die abstimmen wollten. Die Bürger waren geradezu euphorisch!

Ich hatte mit viel Interesse gerechnet, aber mit diesem Massenandrang von Abstimmenden nicht. Eine riesige Begeisterungswelle schwappte über mich rüber.

Schon, weit, weit im Vorfeld der Preisverleihung wurden also die ewigen Nörgler eines Besseren belehrt. Und bei der Preisverleihung konnte jeder klar sehen und hören, wie gut die beiden neuen Sonderpreise beim Publikum ankamen.

Und so könnte ich ewig weitererzählen, doch das bisherige dürfte als Beispiel ja schon reichen.

Darum alle Autoren: Ran an den PC und kümmert Euch nicht um die Meinung der Besserwisser.

Hätte ich mich jemals um die Meinung der Pessimisten gekümmert, würde ich nie ein Buch geschrieben, nie eine Lesung gemacht haben und erst recht nicht die jährlichen Preisverleihungen.

D.h.: Trotz kleineren Ärgers, den man hin und wieder hat, lohnt es sich meist Autor zu sein und dazu zu stehen.

Denn JEDER Einzelne ist wichtig für die Kultur! JEDER hat etwas ganz Besonderes in sich, das er weitergeben kann!

Keine Ideen

Eines Tages saß ich im Wohnzimmer und suchte verzweifelt nach Ideen für eine Kurzgeschichte, aber nichts fiel mir ein.
Plötzlich ertönte ein furchtbarer Schrei vom Balkon. Entsetzt eilte ich hin und sah meinen Sekretär am Balkongeländer hängen.
Mit Müh und Not schaffte ich es ihn zu retten und wieder auf den Balkon zu ziehen.
„Was soll denn das?", wollte ich wissen. „Sind Sie verrückt?"
Aber er verteidigte sich: „Ihre Katze lief auf dem Balkongeländer lang und ich wollte sie verscheuchen, bevor ihr was passiert. Balkongeländer sind nämlich gefährlich ..."
Unsere Katze sah den Sekretär mit großen Augen an und ging mir ins Arbeitszimmer. Dort gab der Computer brutzelnde Laute von sich. Ein Kurzschluss jagte den anderen. Kein Wunder, über ihm hing tropfende Wäsche aufgespannt.
Erbost rief ich meine Frau und fragte, was das sollte. Sie erklärte mir Begriffsstutzigem: „Na, der Computer gibt ja viel Wärme ab. Da trocknet die Wäsche viel schneller, als wenn ich sie zum Trocknen draußen aufhänge."
Genervt lief ich die Küche, um mir ein Abendbrot zu gönnen, doch musste das leider ausfallen. Unser Rauhaardackel „Tapperle" aß gerade die letzten Wurstreste.
Nachdenklich sah ich ihm dabei zu und versuchte verzweifelt eine Kurzgeschichte zu erfinden. Aber mir fiel nichts ein. Kein Wunder, wenn man wie ich ein ganz normales Alltagsleben führt. Wo sollen da die Inspirationen herkommen?

Höhepunkt des Autorenlebens:
Der Neue Literaturpreis Remstal

Der „Neue Literaturpreis Remstal" findet jedes Jahr statt und die Bürger wählen allein die Preisträger. Es bestimmt also keine mehr oder weniger gute Jury, sondern die Leser.
Auch 2014 haben diese bei den Wahlen wieder eine sehr glückliche Hand gehabt.
Das Besondere an 2014 war, dass die Literaturpreis-Verleihung im Rahmen der Baden-Württembergischen Literaturtage stattfand. Also bei einer sehr würdigen Veranstaltungsreihe.
Die beiden Hauptpreise des Abends gingen an Michael Kerawalla und Astrid Allende.
Michael Kerawalla ist ja vielen Lesern durch seine zwei Fantasy-Romane: „Stein der Finsternis" und „Turoon" bekannt. Viele Leser schätzen aber auch seine Kurzgeschichten so sehr, dass er 2013 für einen sehr gesellschaftskritischen Text Platz 3 belegte. Dieses Jahr reichte es nun sogar für Platz 1.
Astrid Allende, die ebenfalls dieses Jahr Platz 1 belegte, ist vielen Lesern durch ihre zahlreichen Gedichte und Kurzgeschichten bekannt, die in verschiedenen Anthologien erschienen sind. 2013 schaffte sie den Durchbruch mit ihrem selbst illustrierten Gedichtsband: „Vom Wachen und Träumen". Gleichzeitig lief eine äußerst gut besuchte Ausstellung ihrer Bilder in Bad-Cannstatt. Astrid Allende konnte also mit 2013 schon allein wegen ihres 1. Buches und ihrer großen Ausstellung sehr zufrieden sein.
Doch zusätzlich erreichte sie auch noch beim „Neuen Literaturpreis Remstal" den 1. Platz beim Sonderpreis für Autoren mit Migrationshintergrund. 2014 steigerte sie ihren Erfolg noch, mit Platz 1 beim Hauptwettbewerb.
Monika Reichmann erreichte mit ihrer wunderbar ironischen Geschichte souverän Platz 2. Wohl nicht nur wegen ihres genialen

Schreibstils, sondern auch weil sich viele Leser in den Text gut hereinfühlen konnten. Eine wahre Perle!
Michael Kerawalla, Astrid Allende und Monika Reichmann hießen also 2014 die bestplatzierten Autoren beim Hauptpreis.
Teresa Santamaria konnte sich in der Gunst der Leser verdientermaßen halten. Mit ihren zweisprachigen Büchern „Poesias Gedichte" ist sie schon eine Weile positiv im Gespräch. Ihre 3 selbst illustrierten Bücher bescherten ihr 2013 Platz 2 beim Sonderpreis für Autoren mit Migrationshintergrund und dieses Jahr erwartungsgemäß Platz 1. Ein Erfolg, dem dieser netten und bescheidenen Dame jeder im Saal gönnte.
Den Sonderpreis für talentierte Kinder/Jugendliche errang dieses Jahr Sophia Wächter mit großem Vorsprung vor der Konkurrenz. Ihre Gedichte haben etwas ganz besonders Packendes, Aufrüttelndes, so dass sie schon im Vorfeld zu den Favoriten zählte.
Auch beim Preis fürs Literarische Lebenswerk gab es eine sehr deutliche Gewinnerin.
Während Magdalene Fromme 2013 mit ihrem anspruchsvollen Text „Kaminfeuer" den Hauptpreis gewann, sprachen ihr 2014 die Leser den Preis für ihr vielfältiges Lebenswerk zu. Sie hat ja nun schon 12 Bände mit Mäusegeschichten veröffentlicht, die von Kindern + Erwachsenen gleichermaßen gern gelesen werden. Für Erwachsene gibt es auch viele anspruchsvolle Bücher. Ihr Neuestes heißt: „Es waren doch nur sieben Zwerge" und brachte ihr wohl u.a. den Preis für ihr Lebenswerk ein.
Eines finde ich sehr schön: ALLE Autoren haben sich dieses Jahr bei den Platzierungen verbessert. Die einen haben bessere Plätze belegt als letztes Jahr, die anderen sind 2014 überhaupt zum ersten Mal platziert. Allen schon dafür einen herzlichen Glückwunsch!
Für die Buchleser, die noch nicht viel von dem „Neuen Literaturpreis Remstal" gehört haben, sei gesagt, dass hier die Bürger sehr zahlreich abstimmten und den Preis jedes Jahr demokratisch vergeben.

Näheres zu dem Preis und zu der Unterstützung durch zahlreiche Prominente ist in meinem Buch „Im Tal der Autoren". Viel Spaß beim Lesen und beim Wählen für den Preis 2015!

Eine Autorin, die ich sehr schätze

Johanna Klara Kuppe

Johanna gewann 2012 einen der beiden Hauptpreise beim „Neuen Literaturpreis Remstal".
Doch schon lange, bevor sie die Leser wählten, faszinierten mich ihre anspruchsvollen Texte, die einen nach dem Lesen noch lange beschäftigen.
Noch mehr als das Schreiben ist der Live-Auftritt ihr Medium, bei dem sie mal ernst, mal mit einem verschmitzten Lächeln das Publikum zu packen weiß.
Sie ist eine der aktivsten Autorinnen, die ich kenne und laufend „on tour".
Manchmal frage ich mich wirklich, wie sie das schafft. Ganz offensichtlich ist sie in jeder Hinsicht eben ein Ausnahmetalent.

Meisterjahre

Viele Leser erinnern sich noch an meine Meisterjahre und die begeisterten Rufe der Besucher: „Meister, Meister!"
Je phantasiereicher meine Texte, desto euphorischer das Publikum.
Eine merkwürdige, aber auch sehr heitere Phase meines Schaffens.
Hier ein paar typische Beispiele.

Lesungen

Viele Fans träumen nachts von mir, wagen es aber nicht zu den Lesungen ihres Meisters zu gehen. Die Gründe sind vielfältig: Einige haben Angst vor Aufregung ohnmächtig zu werden, andere fürchten Ausschreitungen der Menschenmassen und besonders viele Fans kommen wegen Platzangst nicht. Manche wissen aber auch nicht, wie so eine Lesung abläuft. Aus Furcht sich mit ihrer Unwissenheit zu blamieren, kommen sie lieber nicht.
Diesen Fans kann leicht geholfen werden, hier der Ablauf einer typischen Lesung von mir. Um 17.00 Uhr beginnt der Einlass. Ab 17.15 Uhr ist die Veranstaltung restlos ausverkauft. 17.30 Uhr ekstatische Fanmassen, die keine Karte mehr bekamen, stürmen den Saal. 17.45 Uhr überall stehen und sitzen erwartungsvolle Fans mit vor Aufregung zitternden Knien. 18.00 Uhr langsam wird die Luft wegen der Überfüllung des Saales schlecht, die Temperatur steigt bedenklich an. 19.15 Uhr unter frenetischen Beifall wird der Meister von seinen Krankenwärtern in einem Sauerstoffzelt aufs Podium getragen. 19.30 Uhr nach mehreren Vitaminspritzen des Arztes kann der Meister die Lesung beginnen. Ab 19.31 Uhr mehrfache Versuche des begeisterten Publikums die Absperrungen des Sicherheitsdienstes zu durchdringen und sich mir zu Füßen zu werfen. Schlimmere Zustände als bei einem Popkonzert, Polizei

rückt vorsichtshalber an. Reihenweise fallen Mädchen vor Ekstase in Ohnmacht. 0.55 Uhr Lesung nähert sich langsam dem Ende zu, während ich wie mein jüngerer Bruder Fidel unentwegt weiter aus meinen Texten lese. Ende der Veranstaltung ca. 2.00 Uhr morgens. Je nach Belastbarkeit der Fans gibt es jetzt zwei typische Möglichkeiten:
- begeisterte Massen überrennen die Sicherheitskräfte, küssen mir die Füße und bitten mir künftig als Jünger folgen zu dürfen. Was aber nur schönen Mädchen erlaubt wird.
- Oder: Es sind alle eingeschlafen. In diesem Fall lasse ich mich von meinen Krankenwärtern leise raustragen, um mir das stundenlange Autogrammschreiben auf BHs und Höschen zu ersparen.
Sie sehen: Lesungen sind auf jeden Fall immer schön, etwas das Sie unbedingt erleben müssen. That's life (and live)! Sie werden erstaunt sein, wie schnell die 8-9 Stündchen dort vergehen. Woodstock ist nichts dagegen. Deshalb feuern mich stets meine ALTEN Fans mit „Krückstock statt Woodstock" an.

Wichtige Frage

Eine besorgte Frage wird mir immer wieder gestellt: „Warum werden Sie nicht verdientermaßen von ihren fanatischen Fans auf Händen getragen?" Nun, das werde ich ja. Aber ich erwähne dies aus mehreren Gründen ungern. Hauptsächlich aus Bescheidenheit.

Als seinerzeit der Dichterfürst starb, drang das verstörte Volk bei mir im Laden ein, trug mich auf Händen und rief: „Der Fürst ist tot, es lebe der Meister!" Das war mir einerseits etwas peinlich, andererseits befanden sich so große Bauernburschen unter meinen Trägern, dass ich Höhenangst bekam.

Letztes Jahr ging es mir bei einer Lesung unter Rockern noch schlechter, denn sie trugen mich auf erhobenen Händen. Hört sich gut an, aber sie besaßen Spikes am ganzen Körper. Auch an den Händen ...

Am meisten fürchte ich mich immer vor Lesungen an der Nordsee. Wenn einen die betrunkenen Seemänner schwankend durch die jeweiligen Städte tragen, werde ich vom Schlingern immer ganz seekrank.

Die wunderbare Lesung

Eines Tages ging ich zu einer besonders wichtigen Lesung los. Viel Prominenz und Publikum war angesagt, es musste also ein besonders guter Abend von mir zelebriert werden. Zusammen mit meinen Mitlesenden würde ich das bestimmt schaffen!
In tiefen Gedanken an unsere Lesung am 6. Dezember ging ich von daheim zur Veranstaltung los.
Unsere Nikolauslesungen liefen in den letzten Jahren immer besonders gut, heute sollte die Krönung unserer Reihe stattfinden.
Meine Gedanken kreisten während des Laufens immer mehr um die wichtige Lesung, gingen dann allmählich in allgemeine Gedanken über. Verloren lief ich geistesabwesend umher und merkte nicht, wie die Zeit verging. Wenn ältere Menschen, wie ich, unterwegs sind, brauchen sie allmählich eine helfende Hand. Senilität ist ja in meinem Alter normal. Als ich gerade gedankenverloren am Bürgerzentrum vorbeilief, überlegte ich: „Was wollte ich eigentlich heute hier draußen machen?" Überlegend saß ich am kalten Nikolaustag auf einer Bank und kam erst nach 3 Stunden darauf: „Oh, Mist! Ich wollte doch zur Lesung!" Ein besorgter Blick auf die Uhr sagte mir – es war zu spät. Viel zu spät! Da hatten wir als tolles Team eine wunderschöne Lesung geplant und durch meine Vergesslichkeit wurde sie verdorben. Wie es den anderen wohl ergangen war?
Zu diesem Zeitpunkt feierten diese die beste Lesung, die wir je gemacht hatten. Kein Wunder, ich las ja nicht mit. Aber das fiel keinem auf. Wie kam das nur? Ganz einfach. Die Veranstalterin, die Lesenden und das Publikum warteten bereits eine Weile auf mich, als ich eingemummt im langen roten Bademantel und mit dicker Schlafmütze eintrat. Also eigentlich so wie immer.
Einen Sack voll Gaben trug ich für die Lesungsbesucher bei mir und wurde von einem Knecht begleitet. „Na, dann können wir ja beginnen Ralf", rief Terry, während die Presse die ersten Fotos

machte. Äußerst verwirrt wurde ich an den Lesungstisch gelotst, mir die Bücher in die Hand gedrückt, die ich lesen sollte. Ich legte los. So gut wie noch nie. Mein Knecht musste mit seiner Rute an der Tür viel weniger Zuhörer als sonst am Fliehen hindern, den meisten gefiel es nämlich ausnahmsweise richtig gut. Nach mir lasen noch Terry und Sam. Überragend wie immer. Das Publikum geriet so in Begeisterung, dass es lange stehenden Applaus für alle Lesenden gab und wir feierten noch Stunden nach der Lesung mit dem Publikum. Zum Glück besorgte die Veranstalterin reichlich Getränke und Speisen vor der Lesung. So gab es für alle einen unvergleichlichen Abend. Nur der eine oder andere wunderte sich, dass ich noch verfrorener als sonst wirkte. Ich legte den dicken roten Bademantel und die Nachtmütze selbst bei den heißesten Feiermomenten nicht ab.
Dachten sie. Nur das es gar nicht ich war. Der Herr, der für mich zum Lesen genötigt wurde, hieß Nikolaus. Auf seiner jährlichen Tour am 6.12. verwechselten ihn die Leute wegen seiner optischen Ähnlichkeit mit mir. Dies sollte Folgen haben, denn da der Nikolaus für mich an der Lesung teilnahm, fiel die Bescherung für ganz Waiblingen aus. Der Einzigste der dennoch eine Bescherung bekam, hieß Ralf Neubohn. Als ich verwirrt auf der Parkbank beim Bürgerzentrum saß, warfen mir vorübergehende aus Mitleid Geldstücke zu. In dieser kurzen Zeitspanne, die ich dort saß, verdiente ich mehr Geld, als für ein Jahr als Autor arbeiten.
Lange habe ich überlegt, ob ich die Wahrheit über die Erfolgslesung veröffentlichen soll oder nicht. Aber die Wahrheit muss einfach gesagt werden! Leute: nicht Neubohn las im roten Bademantel und Nachtmütze, sondern der Nikolaus in voller Montur. Merke: nicht jeder, der alt und gebrechlich ist, heißt Ralf Neubohn.

Moderne Zeiten!

Als ich noch zu Neros Zeiten nur alt war und noch kein Fossil wie heute, schrieb ich meine Bücher auf Steintafeln. Manche mögen darüber lächeln, aber diese Methode besaß große Vorteile. Kein Computervirus konnte diese Texte schädigen, niemand kam gelegentlich an die Lösch-Taste. Im Zeitalter des Barock beschloss ich aus drei Gründen meine Methode Bücher zu schreiben zu ändern. Beim Einmeisseln der Texte in die Steintafeln ließen sich trotz Blaupausenpapiers keine Durchschläge herstellen. Das andere Problem stellten die Nachbarn dar. Sie zeigten relativ wenige Begeisterung, wenn ich nachts in einer kreativen Phase auf die Steintafeln einschlug. Das wichtigste Hindernis bildeten aber die Buchverleger. Auf Dauer schätzte es keiner, wenn mein jeweils neuestes Buch per Lastkahn ankam und die Steintafeln mit einem extra starken Lastkran ausgeladen werden mussten. Vom Schwertransport in den Verlag ganz zu schweigen. Heute würde man Tieflader wie bei Atomtransporten nutzen, was wohl zu peinlichen Missverständnissen führen könnte. Früher gab's so was nicht und eine lange Kolonne von Pferdewagen transportierte mein jeweils neuestes Buch ab.
Diese langen Wagentrecks lockten natürlich Outlaws und Indianer an, die eine fette Beute witterten und nach erfolgreichem Überfall stöhnten: „Wurgs! Literatur! Und das auch noch vom Neubohn! Igitt!"
Daher ging ich altes Fossil mit der Zeit und bin seit dem Zeitalter des Barock voll modern. Ich schreibe seit damals mit einer in meinem Herzblut getränkten Schwanenfeder. Deshalb heiße ich auch heute noch: „Der Dichter mit der Schwanenfeder."
Wenn mir mal beim Schreiben nichts einfällt, inspiriere ich mich durch eine heiße Orgie.
Mit heißen Getränken und noch heißeren Katzen. D.h.: Mein Schaukelstuhl wird vor das brennende Kaminfeuer gestellt. Meine

beiden Hauskatzen liegen schnurrend auf meinem Schoss, während ich Kakao trinke. Mancher Leser wird denken: „Na, das wird ja nicht immer nur Kakao sein!" Stimmt, ich bin durchschaut. Manchmal nehme ich auch Trinkschokolade zu mir. Wenn mir dann so richtig behaglich wird, tauche ich die Schwanenfeder in mein Herzblut und schreibe einige Pergamentrollen voll. Wir Autoren müssen halt mit der Zeit gehen!

Ich darf beim Schreiben nur nicht zu nah an die beiden Katzen kommen. Die spielen nämlich gern mit dem Pergament. Was die allerdings unter „spielen" verstehen, würde mancher als „Reißwolf" in diesem Fall „Reißkatze" bezeichnen. Das Resultat ist gleich verheerend.

Beuge ich beim Schreiben meinen rheumatischen Rücken zu weit nach vorn, besteht die Gefahr, dass nicht nur ich beim Schreiben Feuer & Flamme bin, sondern auch das Pergament. So entstand schon so manche unfreiwillige Bücherverbrennung bei mir. Ach, das mit den Steintafeln waren halt noch Zeiten! Dieser neumodische Kram mit Pergament und Herzblut getränkter Schwanenfeder ist halt nichts.

Allein schon die Aufregung in der guten, alten Zeit. Reichte der Schutz von den römischen Legionen bzw. der 7. US-Kavallerie? Oder wurden die Schutztruppen bei den Transporten meiner Bücher in den Teutoburger Wald oder bei den Black Hills niedergemacht? Davon abgesehen: Auch der Lohn für meine Arbeit des Steinmeißelns hatte es in sich. Nero lud gerne Künstler zu einer netten, kleinen, harmlosen Festivität ein. Heute ist der Lohn für ein neues Buch eine kleine Portion Pommes OHNE Ketchup. Für diesen reicht es dann schon nicht mehr. Ach, gute alte Zeit, komm wieder!

Echt passiert

Folgende Sachen sind echt passiert, auch wenn mir mancher es nicht glaubt.
Bei einigen Lesungen kam immer wieder ein Autor zu der Textstelle: „Komm herein", worauf plötzlich die Tür aufging und mehrere verspätete Lesungsbesucher herein kamen. Diese fragten sich offensichtlich, woher der Künstler wusste, dass sie vor der Tür standen.
Demselben Autor sprach nach der Lesung auch ein Mädchen an: „Der Neubohn ist Euer Manager? Ich dachte, er sei blind, taub, senil und fährt im Rollstuhl?" Erstaunt fragte der Künstler: „Wie kommst Du denn darauf?"
Das Mädchen antwortete: Das hat er doch selbst über sich geschrieben!"
Worauf sie eine wichtige Lektion über das Schriftstellertum erhielt: „Schon mal was von dichterischer Freiheit gehört?"
Diese beiden wahren Begebenheiten fielen mir neulich beim Duschen wieder ein. Sofort eilte ich ins Wohnzimmer, um sie niederzuschreiben. Dabei sah mich die Schwester meiner Frau ganz erstaunt an. Ich wunderte mich über deren verblüffte Blicke, bis es mir wie SHAMPOO von den Haaren fiel: Ich hatte meine wenigen Haare noch nicht zu Ende ausgespült.

Literatenneid

Der folgende Text besteht hauptsächlich aus Buchtiteln von mir. Diese sind dann zum leichteren Erkennen in Großschrift. „THE SHOW MUST GO OUT", dachte TERRY. "ABSCHIED IST EIN BISSCHEN WIE STERBEN, doch Ralf Neubohn hat nun wirklich genug Bücher geschrieben." So sandte er seinem literarischen Konkurrenten KRIMINELLE GRÜSSE AUS WAIBLINGEN. Doch dieser fand sie MÖRDERISCH GUT und feierte sie LIVE IN WAIBLINGEN. Nachdem TERRY seine Warnung in den Wind geschlagen sah, entwickelte er viel KRIMINELLE ENERGIE und beseitigte mit Hilfe der ZAUBERHAFTEN ALTBOHNS den lästigen Konkurrenten. „HIER UND JETZT beginnt mein Aufstieg aus dem Schatten Neubohns", dachte er. „FRISCH GEWAGT ans Werk. Bald heißt es auch von mir: DURCHGEKNALLTER DICHTER UND EXZESSIVE EUPHORIE." Doch beim Schreiben von SAM SPACE aß er ausversehen NEUBOHN'S KRIMIHÄPPCHEN und landete im Dichtergrab neben Neubohn. Er erhielt also auch ein Armenbegräbnis. Da sie nicht mehr schreiben konnten, tauschten sie notgedrungen POSTHUME PLAUDEREIEN aus und TERRY bedauerte seine Tat nun doch ein klein wenig. Nicht weil er Ralf Neubohn nun mehr schätzte, sondern weil viele Leser und Lektoren so einen alten Schwafler wie Neubohn verdienten. Würden sie beide wieder leben, würde er eines Tages als Alternative zu ihm entdeckt werden. Da rief der LYRISCHE LUMPENSAMMLER, auch bekannt als das Buch des Lebens: „ABRA MAKABRA SCHLIMMSALABIM" und beide kehrten wie PHÖNIX AUS DER URNE ins Leben und Schreiben zurück und folterten ihre Leser mit einem Buch nach dem anderen. Und wenn sie leider noch nicht wieder gestorben sind, so konkurrieren sie noch heute um ihre acht gemeinsamen Leser.

Dank an die Leser

Aufgrund unserer aktuellen Bücher erhielt ich viele Leserbriefe, für welche ich mich hier mit zittrigen Fingern und einem zahnlosen Lächeln bedanken will.
Neben Lob spenden wegen der abwechslungsreichen Texte aller Autoren, wollten viele Leser wissen, wie das Autorenleben eigentlich so ist.
Tja ...
Was soll ich dazu sagen, ohne Ihre Illusionen zu zerstören? Am besten lesen Sie meine Büchle wie Z.B.: „Die zauberhaften Altbohns", „Im Tal der Autoren", „Thanx", „Live & Lieblich", in denen viel über das Autorenleben allgemein ist oder auch: „Letzte Ausfahrt Waiblingen".
Und für den, dem diese tragischen Bücher noch keine schlaflosen Nächte bereiten, hier etwas Dramatisches aus meinem Autorenalltag. Wenn mich meine Pfleger spät abends in meinem Laden abholen kommen, tragen sie mich in meiner Sänfte nach Hause. Während ich darin mit meinen kraftlosen Beinen ruhe, raunte ein Sklave mir zu: „Bedenke, dass auch Du sterblich bist." In meinem Lorbeerkranz bekränzten Haupt versuche ich dies nicht eindringen zu lassen, wie es in Rom viele Triumphatoren machten. Nach meinem Triumphmarsch durch Waiblingen der den Verkehr erlahmen lässt und den Liktoren durch zahlreiche Fans ebnen müssen, setzen mich die Pfleger daheim an meinem Arbeitstisch ab. Mit gichtigen Fingern schreibe ich nun meine sinnlosen Faseleien und gebe sie anschließend meiner Frau zu lesen. Nur wenn diese darüber lacht, wird mein Gebrabbel veröffentlicht. Sollte sie allerdings tatsächlich mal nicht lachen, wie bei diesem Text, kitzle ich sie so lange, bis ihr Lachen ertönt. Damit gilt der Text als höchst richterlich genehmigt. Er wird nun meiner Medienbeauftragten Lulu vorgelegt, die meist „Bäh, Literatur!" sagt und damit die Meinung einer Bevölkerungsmehrheit

wiedergibt. Nach erfolgreicher Bestechung mit Lachshäppchen akzeptiert sie dann die neuen Texte ebenfalls widerwillig.
Da es nun ca. 2.00 Uhr nachts ist, lasse ich mir von meinem Sekretär und Berater Tapperle die Steintafeln mit Leserpost vorlegen und die Antwortbriefe in Stein meißeln. Manchem mag dies altmodisch erscheinen, aber in meiner Jugendzeit im Rom der Cäsaren gehörte dies sich so. Und die Jugendzeit prägt einen eben.
Nach der Antwortpost wird es Zeit, mich in einem Sauerstoffzelt um 6.00 Uhr morgens wieder in den Laden tragen zu lassen. Ohne, dass ich zuvor auch nur eine Stunde geschlafen hätte.
Diesmal gibt es unterwegs nur ein kleines Verkehrschaos, da meine unglaublich großen Fanmassen Bücher von mir lesend auf dem Weg zur Arbeit sind und somit keine Zeit für die verdienten Huldigungen ihres Idols haben.
Wobei ich als mehrfacher Nobelpreisträger und Lieblingsautor Neros sagen muss: Ich verstehe den Kult um meine gebrechliche Person nicht. Die tollen anderen Autoren aus unseren Büchern finde ich viel besser.

Euch gebührt der Lorbeerkranz,
mir nur des Esels Schwanz!

Aber es ist nun mal so, die Welt ist ungerecht. Teenies pinnen meine Poster an die Wand, Jungfrauen wollen durch mich einen wesentlich Teil ihres Namens verlieren. Wohin ich mich auch tragen lasse, überall werde ich erkannt. Obwohl ich in meiner Sänfte und im Sauerstoffzelt eine Sonnenbrille trage. Seltsam, dass ich dennoch erkannt werde. Das ist wohl der Preis ein Star zu sein.

Für den geneigten Leser

Du hast dieses Buch gelesen,
ich wollte dich damit gut unterhalten.
Hoffentlich ist es so gewesen
und Du wirst weiter zu mir halten.

Zugabe!

Sie haben dies kleine Büchle mit (fast) wahren Begebenheiten aus der Kulturgeschichte des Remstals gelesen, genossen und herzlich gelacht? Und dennoch fehlt Ihnen irgendwas? Da haben Sie recht. Was fehlt, ist das Aller-Aller-Wichtigste. Denn dieses Büchle hat viele kleinere und größere Geschwister, die in kalten, dunklen, Buchläden einsam und verlassen vor sich hinmodern und sich so sehr nach Ihnen lieber Leser und nach ihren Buchgeschwistern sehnen. Darum seien Sie ein entschlossener Held. Befreien Sie die armen Geschwister dieses liebenswerten Büchles aus den Buchladenkerkern und schenken Sie ihnen die Freiheit und Ihr Lachen beim Lesen. Denn Bücher wollen gelesen werden und sind soooo traurig, wenn sie achtlos vor sich hinmodern. Zumal wenn sie so lieblich wie dieses sind und sich nach ihren vielen netten Geschwistern sehnen.
Und wenn Sie nicht nur ein Held, sondern auch ein großer Held sein wollen, empfehlen Sie bitte die Bücher der Edition Nöck weiter! Denn nichts ist schöner im Leben, als seinen Mitmenschen an schönen Dingen teilhaben zu lassen. Und nichts kann Autoren auf dem steinigen Weg des Autorentums mehr helfen, als wohlgesonnene Mundpropaganda. Nichts, nicht einmal gute Presseberichte können mehr Positives erreichen.
Haben Sie ein Herz für einsame und verlassene Bücher sowie hungernde, arme Poeten in ihren winzigen Klausen.
Empfehlen und kaufen Sie Bücher der Edition Nöck.

Leseprobe aus:
„Im Tal der Autoren"

Folgendes Erlebnis ist mir tatsächlich genauso so vor ein paar Jahren passiert. Andere wahre und fast wahre Begebenheiten sind ebenfalls in dem Buch geschildert.

Als ich neben mir stand

Viele Leser haben mich gebeten, wieder ein wirklich wahres Erlebnis aus dem Autorenleben zu erzählen. So wie in „Letzte Ausfahrt Waiblingen" mein Bericht über die 1. Lesung in Füssen.
Gerne erfülle ich diesen Wunsch. Aber nicht mit einem wirklich so kuriosen Erlebnis wie damals in Füssen. Aber es ist auch eine ungewöhnliche Begebenheit im Zusammenhang mit einer Lesung. Eine seltsame Angelegenheit, fast so seltsam wie die Fälle von manchen Detektiven.
Ich erhielt eines Tages die Einladung zum ersten Mal in der Ludwigsburger Stadtbücherei zu lesen. Einem Ort, an dem ich mich vorher noch nie befand. Ich kannte in Ludwigsburg nur das blühende Barock und die Basketballhalle.
Wie immer bei Lesungen machte ich mich schon sehr früh auf den Weg. Ca. 1,5 Stunden vor der Lesung befand ich mich wohlbehalten am Bahnhof in Ludwigsburg, in Gesellschaft einer interessanten Bekanntschaft. Einer sehr aufregenden Bekanntschaft sogar. Eines faltbaren Stadtplanes. Bevor ich mit ihm flirten konnte, um ihn anschließend AUFZUREISSEN, begaben wir uns einträchtig in ein Café. Ich bestellte mir nur etwas zu trinken, der Stadtplan schien hingegen Askese zu lieben. Er trank nichts. Kein verheißungsvoller Anfang für einen heißen Flirt. Ich trank gerade

einen Schluck Cola, als um mich herum die Geräusche plötzlich leiser wurden, die Gestalten sich langsamer bewegten. Allmählich glitt ein 2. „Ich" aus meinem Körper, sah mich im Lokal sitzen und flog über die mir unbekannten Straßen hin zur Bücherei. Während „Ich" so über die Straßen flog, sah ich mich gleichzeitig immer noch im Lokal mit dem unbenutzten und unbefleckten Stadtplan sitzen. Langsam kam ich im Lokal wieder zu mir, beschloss dem Stadtplan seine Jungfräulichkeit zu lassen und lief die Straßen entlang zur mir vorher unbekannten Bücherei, die übrigens gerade wegen Umbaus umgezogen war. Den ganzen Tag über blieb ich völlig gelöst, gelassen, etwas neben mir stehend und brachte die Lesung ganz locker hinter mich. Ein wirklich seltsames Erlebnis, auch wenn es viele meiner treuen Leser wohl nicht glauben werden. Wodurch ich in diesen Zustand der Gelöstheit kam, durch welchen ich die umgezogene Bücherei fand, das weiß ich nicht. Ich weiß nur, dass ich schon beim Betreten des Lokals eine große innere Ruhe in mir trug.

Wer weitere wahre Ereignisse aus dem Autorenleben lesen will, möge zu „Letzte Ausfahrt Waiblingen" und anderen früheren Werken von mir greifen. Es ist kaum zu fassen, was wir Autoren so erleben. Dieser Text ist Astrid Allende gewidmet, die mir immer wieder riet dies ungewöhnliche Ereignis zu Papier zu bringen.

Der literarische Triumph

Als mein neuestes Buch erschien, reichte das Geld, um endlich mal wieder essen gehen zu können. Geistige Arbeit macht sich also doch bezahlt. In der billigsten Wirtschaft Stuttgarts kam ein, wohl unter Denkmalschutzstehender, Kellner gewankt, um meine Bestellungen aufzunehmen. Bis er sie verstand, musste ich sie mehrfach wiederholen. In Deutschland ist man wirklich noch gezwungen zu arbeiten, auch wenn man geistig schon lange tot ist. Seine lange zurückliegende gute Zeit mit sich schleppend, hinkte der Kellner in die Küche um mein lukullisches Festmahl zu holen.
Wie viele Menschen mich jetzt wohl beneiden? Dieses Gourmetmahl hatte ich mir durch meine geistigen Früchte verdient! Deutschland ist ja nicht umsonst das Land der Dichter und Denker! Literarische Geistesblitze werden hoch honoriert.
Der Kellner kam zurück gehumpelt und brachte mir mein Festtagsessen. Mein Triumphmahl, durch meine treuen Leser finanziert, die meine Bücher lieben. Danke Euch allen!
Zu meiner Anfangszeit reichte das Essen nur für eine kleine, gummiartige Portion Pommes frites. Doch diese Zeiten liegen weit hinter mir! Lang, lang ist es her! Nun bringe ich es schon auf eine große Portion Pommes! Und bei meinem nächsten Buch reicht mein Honorar VIELLEICHT sogar schon für eine große Portion MIT Ketchup! Nicht auszudenken, was auf diesem schwindelerregenden, steilen Aufstieg in der Literaturbranche noch auf mich wartet! Vielleicht gar eines SEHR fernen Tages Curry-Wurst? Nicht zu fassen! Aber an meinen triumphalen Buchverkäufen zeigt sich mal wieder, wie kulturell aufgeschlossen die Deutschen doch sind und wie sehr neue Autoren zum Weiterschreiben ermuntert werden!
Die kulturelle Aufbruchstimmung hierzulande ist so heiß, dass die Thermometer an den Wänden zu schwitzen anfangen.

Schon damals, als es sich für mich noch lohnte, die Haare zu kämen, wurden einen die Bücher buchstäblich aus den Händen gerissen! Doch heute hat unsere Bildung Höchst(zu-)stände, wie wir ja alle wissen.

Über den Autor Ralf Neubohn:

Ralf Neubohn ist Autor von bereits über 100 Büchern und einem breiten Publikum durch zahlreiche Lesungen in Theatern, Kulturzentren und Kulturcafes bekannt. Auch durch seine Teilnahme bei der längsten Krimilesung der Welt fürs Buch der Rekorde sowie durch seine Auftritte bei Buchmessen und im Radio. Er betreibt in Waiblingen ein angesehenes Buchantiquariat und fördert neue Autoren durch Herausgabe von Anthologien und Veranstaltung von Lesungen.

Seit 2011 hat er den „Neuen Literaturpreis Remstal" zur Förderung neuer Autoren gestiftet, der in der Bevölkerung großen Anklang findet.

Zum Ausgleich für diese Überdosis Literatur in seinem Leben ist er ein gern gesehener Stammgast in zahllosen Restaurants. Und wenn er dort mal nichts zum beißen bekommt, beißt er eben Wein.

Erfolgreichste Taschenbücher Neubohns:
Die heitere Autobiographie: „Erinnerungen eines vergesslichen Analphabeten", ISN 3-89811-226-8, Libri-BOD, der Kurzkrimiband „Abschied ist nicht nur ein bisschen wie Sterben", ISBN 3-8311-1120-0, Libri-BOD und der heitere Roman: „Terry - Ein Schotte in Schwaben", ISBN 3-931123-04-9, Zwiebelzwerg Verlag.
Bekannt wurde Neubohn auch durch einige seiner schwarzen Humor Werke.
Neubohn ist Mitglied des „Vereins für Leseförderung e.V.", der „Waiblinger Musenkinder" und des „Literarischen Kleeblattes".